拔仔庄的
畢卡索

鍾鳳英、林銀妹、陳怜玉、陳鳳妹、余秀蘭、吳瑞嬌、林玉蘭、黃月琴、王愛佑、
古秀鳳、林貴香、謝藤妹、花蓮縣數位機會中心 著

花蓮富源村
12位畫家阿嬤
的生命故事

有著生命厚度
的圖畫

小 時候，雙親告訴我：「受人點滴，當湧泉以報」，就在1996年我毅然決然的投入「社區總體營造」的工作，先是和富源國中合作發行「蝴蝶谷學區報」，推動鄉土教育，並調查地方資源。接下來凝聚社區共識，把共同記憶中的鼓聲召喚回來，創辦「拔仔庄鼓王爭霸戰」。又過了一年，我注意到拔仔庄的老人家，除了幫忙照料孫子之外，閑暇的時間多半耗在「東家長，西家短」，無味的嚼舌根裡。我思考著怎麼來為吾鄉的老人家做點事，而青年時期我在國立藝專美術科學藝，體認到藝術用來陶冶人的性情，淨化人們的心靈，有其正面的作用，因此覺得文化藝術，若能回到民間、回到生活，落實在社區，定能激勵起再生力量，達到活化社區，豐富人們的生活，創造祥和社會的最終目的。

決定開班後，即拜託陳鳳妹阿嬤幫忙招生，原想招二十人，而她老人家德高望重登高一呼，開課那天竟然來了六十人。而歷經十五年後

01

林 興 華

的今日，已辭世五人，但仍有十來位阿嬤在畫畫，真讓人欣慰。這群自稱「拿筆比拿鋤頭還要重」的阿嬤們，常對來訪的學者、記者自謙說：「她們是老人家，不是畫家」，如今她們已是社區鮮明的亮點。

國內老齡化的問題漸獲重視，個別愛好繪畫的老人已經不少，但在窮鄉僻壤的村子裡，能聚集一群不太識字的農村阿嬤，歡喜開心的在一起畫畫，仍屬少見中的可見。她們從畫了一筆就接續排隊來問：「老師這樣畫對不對？」開始，到現在每個人已能獨當一面，有著自己的風格，且能得心應手的將想法表達出來，充滿老人的智慧，以及老實人的純樸，模樣雖和兒童畫相似，但內涵則全然不同，著實平凡得不簡單，只因為那些畫有著生命的厚度。

猶記得，曾有其他縣市的社區前來參訪交流，由於他們也在推動素人、老人繪畫，然而當兩社區的老人坐在一起畫圖時，馬上令訪客訝

異不已，因為拔仔庄的阿嬤是拿起筆來就一路畫下去的，她們都胸有成竹；而來訪者多半停留在實物的描繪練習，這讓我警覺到教學方法的重要。當前的美術教育，過於注重「術」的表現，而輕忽「藝」是要與「術」同步學習的。我要求阿嬤除了上課，平常不要兩個人在一起畫，那樣容易導致彼此畫風都很相像，再則畫畫就是要：「不要自以為是，不要自以為不是，畫了就是！」而畫畫的內容題材，則要從自己熟悉的地方找、從自己的生命史裡找、從生活經驗裡、記憶裡找，這樣長時間訓練下來，自然想傳達什麼就可以信手捻來。

欣聞詩人教授須文蔚老師主持「東華大學華文系」及「花蓮縣數位機會中心」，中心工作團隊王新雨老師、吳亞儒、廖宏霖等人多次引導莘莘學子們深入社區，了解阿嬤們的生活，並詳實記錄她們繪畫生活的點點滴滴，今已結集成冊，須老師且發揮關係覓得出版社發行，實在令人感激且真心歡喜！深信這本書的出版，能對於公民生活美學的

推展提供一些思考，為老年人的正當休閒生活增進一些喜悅與樂趣，
而這些也正是當年我想成立畫班的初衷、本懷！

拔仔庄的美・生命之美

> 人生的目的 並不在於活得快樂。
>
> 而是在於 活得有用 活得光榮 活得慈悲，
>
> 證明自己實實在在 健健康康地活過……。

當我細細品味這本書冊及內文之後，腦海中立刻想起愛默生[1]上述的名言。拔仔庄12位阿嬤的故事，篇篇令人感動：有的任勞任怨吃苦當吃補，有的相夫教子功成身退，有的腳踏實地甘於平淡……。及至晚年，依然秉持著獨立自主、活到老學到老的精神，在繪畫中找尋心靈的依歸、生活的樂趣，一點兒也不想增加子孫的負擔或讓晚輩操心。我

---

[1] 愛默生是美國十九世紀傑出的思想家、演說家、詩人及散文家。該段原句為：The purpose of life is not to be happy. It is to be useful, honorable, to be compassionate, to have it make some difference that you have lived and lived well. - Ralph Waldo Emerson

02

黃 麗 花

想，這12位阿嬤的生命故事其實是所有早期台灣農村婦女的縮影；她們的故事與作品不但證明自己實實在在、健健康康的活著，而且偉大堅強到令人不忍，只能肅然起敬。

每個人的畫作裡都曾出現幽美寧靜的田園風光：小花小草、家禽家畜、勤勞簡樸的老老少少……，這是12位阿嬤級的畢卡索們共通之處。原因無他，阿嬤們畫的是寫實、日常生活的樣貌。記得去年（101年）暑假獲遴派至富源國小，那是我第一次造訪此地（雖然已經定居花蓮9年了）；驅車南下到台九線260K右轉入村，就被沿路繽紛的馬齒莧所吸引。乾淨的街道兩旁家家戶戶都是大門敞開，有老有少在門口閒聊嬉戲，宛如世外桃源。

走在街道上，立刻被在地的商家、倚閭而望的年長者注視，守望相助的精神讓我這個外來客不得不自動報上名來。然後，當大家發現來者是善類，馬上拿出親切笑容與閒聊問候的本事，讓一小段路可以在左右寒暄的情況下走上十多分鐘呢！難怪有句話說：「台灣，最美的風景是人」，人與人

之間的友善與熱情在我初次造訪富源時就體驗到了！所以在此順便呼籲大
家，想一探阿嬤們繪畫中的桃花源，可以親臨拔仔庄（富源村），因為即
使是現在，村庄還是那麼美，人還是那麼的親切喔！

這個世界不是缺少美，而是缺少發現美的眼睛[2]。

當您讀到此序文時，想必接下來您的眼睛就要看到後面12位阿嬤美麗精
彩的圖文內容；願您透過此書，發現拔仔庄（富源）自然樸實的美，同
時使這樣的美豐富您的眼睛、心靈和生命！

---

[2] 這是藝術大師羅丹的名言。原句為：Beauty is everywhere. It is not that she is lacking to our eye, but our eyes which fail to perceive her.

十二面藝術映射人生的
生命透鏡

03

須文蔚

法國藝術巨擘羅丹（Auguste Rodin）曾言：「世界不是缺少美，而是缺少發現」，十二位阿嬤要透過作品與她們的生命敘事告訴您，在藝術裡，她們發現了什麼；在畫紙及各種媒材裡，她們回顧了什麼。繪畫是阿嬤們的生命透鏡，映射出一幕幕，足以在你我心上留下印記的，超越年齡與生命限度的，藝術之美。

您是否可以想像，在花蓮縣瑞穗鄉的「拔仔庄」地區，有一群年屆遲暮的阿嬤們，因緣際會下拿起畫筆，面對一張張的白紙，勾勒、塗抹出她們各自的生命經驗，畫出一幅幅動人的畫面？在林興華老師所成立的農村老人繪畫班，歷經多年，阿嬤們由遲疑轉而確立，透過圖畫娓娓道來她們的故事。這本書中的十二位素人畫家，在生命的波瀾轉趨穩定之際，透過手中的畫筆，於人生之海中舀起一抹浪花，躍然紙上，也躍出閃現的藝術靈光。

林銀妹從農婦搖身一變成為描繪動物的高手，繪畫成為家人，也聯繫了祖孫感情。陳怜玉開過雜貨店也開過計程車，生命彩筆一揮，開起了畫展。裁縫的巧手養活了陳鳳妹的一輩子，晚年心靈的依歸卻是繪畫，挑戰各種媒介的心境，也是她的個性。四十年前嫁入陌生的拔仔庄，鍾鳳英一生的刻苦，終究讓心與畫筆一同輕盈飛行。

「少開口多畫畫」是王愛佑的繪畫哲學，她讓外星人、卡通人物入畫，既現代又前衛。畫的像不像是一個重要的問題嗎？古秀鳳一定會笑著說「畫出心裡的東西就可以了」。林貴香在畫作中鮮活而明亮的用色，是她追回少女時代對藝術及繪畫嚮往的軌跡。謝藤妹的作品對原住民文化情有獨鍾，筆下的人物洋溢著歡欣愉悅。

六十八歲這一年，余秀蘭才學會寫自己的名字，用沒握過筆的手拿起畫筆，畫出了勇氣與自信。吳瑞嬌畫出了好久以前，一個新娘長途跋涉嫁至異地的故事，畫出她經歷過的，淚水與汗水交雜的片段。繪畫可以溝通嗎？這正是林玉蘭與夫婿溝通的方式，夫畫婦隨，這是屬於老夫老妻的牽手默契。黃月琴在繪畫中補償自己四處逃難的童年，在她的畫中沒有人是孤單的，沒有人會再被當年戰時轟炸機盤旋的聲音所恐懼。

「記憶、陪伴、日常、嘗試、名字、安居、青春、彌補、自己、笑聲、細節、快樂」是十二位阿嬤與繪畫的關鍵字，她們透過繪畫，找到了與世界對話的方式，在生活平淡、略嫌呆板的小鎮日常中，創作出只屬於她們的廣袤宇宙。這些畫風各異，風格多變的畫作，是富源社區裡，最特別，也最有人味的美景。

CONTENTS 目 次

推薦序

前言

本書集結十二篇以「畫畫」作為主軸並向外發散出不同生命主題與概念的拔仔庄阿嬤之生命速寫。文字上採用一種較為抒情的口吻，且適時引用第一人稱的口吻重建對話與場景，在書籍編排上也搜集整理了阿嬤的畫作，與阿嬤的處世哲學相互輝映、對照，試圖刻畫出每一位阿嬤獨特的性格與經歷。

在十二種關於畫畫的敍事中，我們也可以看見台灣社會在那個時代某種共同的縮影與記憶。譬如怜玉阿嬤的雜貨店，這樣一種零售業形態代表了台灣光復時期農業經濟繁盛時期的消費文化；又譬如玉蘭阿嬤記憶中的「藍色列車」其實就是乘載了許多人童年回憶的台鐵藍底白線的普快車，在當代，這組文化符碼更成為了「鐵道文化」中不可或缺的物件。

書名為「拔仔庄的畢卡索」，一方面將「拔仔庄」與「畢卡索」並置，顛覆了一般人對於「藝術」的某種想像；另一方面，畢卡索在此處並不精準指涉這些阿嬤的畫風，畢卡索做為一個藝術家（畫家）整體的概念，也許更能夠突顯「拔仔庄」所蘊含的在地性，同時引發某種懸念。

「拔仔庄」之地理位置大致為現今花蓮縣富源、富興、富民三村，其地

名由來主要有兩種說法，其一是據說阿美族人最早由貓公（豐濱）遷移至此定居，就像從山上滾落的石頭滾至當地即固定不動，取其「固定不動」之意，在阿美族語中的發音為「百老僧」（Pailasen），音似閩南語「芭樂庄」，後文獻衍寫成「拔仔庄」。另一說法則來自客家族群，以此地區西北方大山貌似國樂器「鈸」，故稱「拔子」。

不管是哪種傳說，拔仔庄是十二位阿嬤年華流轉的所在，青春記憶的銘刻之處，「拔仔庄」這個地名，對於每位阿嬤來說都有一則獨特的傳奇得以成立。長久以來，從地方誌到口述歷史乃至於生命史的書寫，其實刻劃出的便是一種關於表達生命經驗的培力路徑。然而表達的形式不只有文字，對於這十二位跨越世代的阿嬤而言，畫畫成為了表達自身的一種方式。與寫作不同的是，畫畫作為另一種形式的藝術，也許更能表現出生命中那些文字力所未逮、不好說或不能說的部分。

而表達的形式隨著時代的變遷也與時俱進，故事中的十二位阿嬤所拿的筆，也不再只是書寫之筆、畫畫之筆，藉由花蓮縣數位機會中心（簡稱DOC）的社區電腦課程，這群勇敢的阿嬤也試圖將手中的畫筆轉化成數位之筆，用滑鼠點開一個全新的世界，跨越了時代與階級所造成的文化落差的同時，也跨越了世代間的數位落差。

花蓮縣數位機會中心很榮幸能夠透過本書的企劃與出版，將這這十二篇生命故事介紹給讀者，透過這些躍然紙上的故事，我們不僅可以感受到拔仔庄阿嬤龐沛的生命力，也從她們身上窺見拔仔庄在地的土地記憶以及同屬於那個時代的某種時代精神。

本書的出版還需感謝許多人，其中最核心的人物即為林興華老師。林老師由國立藝專國畫專科畢業，1996年開始於富源社區（舊稱拔仔庄）從事社區總體營造，並成立農村老人繪畫班，帶領這群阿嬤們從面對一張白紙、提筆作畫，到舉行畫展，可以說是阿嬤們的啟蒙老師。

此外，也感謝三位大學生寫手郭于葶、林韋王亭、洪嬿姍，她們花費許多時間進行第一線的採訪與資料收集，並且以生動又富有感情的筆調，將每位阿嬤的生命歷程化為動人的文字。當然還有陪伴我們進行補訪的富源社區發展協會鍾瑞騰專案經理及徐灯圓助理，以及總是對於我們的叨擾張開雙臂用最真誠的笑容歡迎我們的拔仔庄阿嬤。

在本書的出版過程中，陳鳳妹阿嬤與林玉蘭阿嬤溘然離世，謹以此書，為所有認識阿嬤的人們，獻上無盡的哀悼與思念。

記憶

那些她曾經辛苦走過來的路，都被她用畫筆記錄下來，成為永久的回憶。

／鍾鳳英

天黑了，小小的拔仔庄挨家挨戶亮起了蠟燭或煤油燈，照亮外頭趕路的人，以前的拔仔庄沒有路燈，生活很不方便，村民總是趕在天黑之前回家，偶有幾位外出工作的晚歸人，走在顛簸的牛車路上，憑著微弱星光指引回家的路。這樣的日子過了很多年，鍾鳳英阿嬤憶起從二十四歲就嫁到拔仔庄的生活點滴，不禁紅了眼眶。拔仔庄對她而言是一個全然陌生的新環境，剛嫁過來的她，什麼都不懂，但為了生活什麼工作都得做，常常一邊工作一邊擦眼淚，十幾年的時間學會了好多事，也做過很多事，像插秧播種、種地瓜花生、養豬牛、劈草、撿火柴……等等，但現在兒女都長大了，日子可以過得比較輕鬆自在。

六十五歲開始，拿鋤頭的雙手換成拿畫筆的手，她跟著社區的阿嬤一起學畫，那雙歷經世事的手居然無法駕馭眼前這支又細又輕的畫筆，雙手止不住地顫抖，人家都笑她像個喝醉的酒鬼一樣。

「我一定做得到！」鳳英阿嬤在心底和自己堅定地下了某種像是約定的東西。

於是她阿嬤努力克服困難，控制力道、穩住情緒，相信自己的雙手也能展現輕盈的姿態。在逐漸與畫筆成為好朋友之後，卻遇到了另一個瓶頸，不知道要畫些什麼，沒有讀過什麼書，底稿完成但卻不懂怎麼配色，也沒有書本可以參考。

「不要想那麼多，拿起筆來讓它告訴你。」每當感到沮喪時，耳邊就會響起老師的鼓勵。

鳳英阿嬤開始一筆一畫的把以前拔仔庄的生活情景給畫出來，那些她曾經辛苦走過來的路，都被她用畫筆記錄下來，成為永久的回憶。

深夜常出現到她埋頭作畫的認真畫面，喜歡在夜深人靜時作畫，這個時刻沒有人干擾，也可以沉澱心情，同時還可以動動腦筋哩！一面看電視一面畫畫成為她最快樂的消遣。

老伴在世時最愛跟她拌嘴：「你畫那檳榔怎麼長這樣？」

她不以為然，要他自己試試看，不要光出一張嘴，夫妻倆老來作伴的鬥嘴畫面在鳳英阿嬤的畫裡活靈活現。學畫到後期，她逐漸能運用自如，把心中所想藉由畫作表達出來。拿起畫筆，她開始勾勒一位小女孩手裡捧著一顆雞蛋，因為以前生活困苦，要吃上一顆雞蛋很困難，想吃卻不能吃的心情很痛苦啊！鳳英阿嬤的畫作總是很簡單的就道出人生的過程，也許是因為每一步都是辛苦流汗走過來的，所以格外有感受，透過繪畫把那些心裡的苦釋放出來，頓時覺得好舒坦，「甚至浮現一絲絲的甜蜜感呢！」微笑的臉龐訴說畫畫帶來的奇妙魔力。

鳳英阿嬤從來不覺得自己很會畫畫，還有很多需要琢磨的地方，但每次兒孫回來玩，看到她的畫總會爭相預定，連那些剛畫好、水彩也沒乾的畫全都要帶走，還到處跟人炫耀「這是我阿嬤畫的唷！」聽他們的誇獎實在很不好意思，但鳳英阿嬤心裡卻不自覺地唱起快樂的小調。畫圖豐富了她老年的生活，一張常要花上一個禮拜時間才完成的畫，對她來說不算容

易，但只要一想到能夠畫下她辛苦走過的歲月，心裡頓時又燃起能量與毅力，用色彩訴說一段又一段的古早故事，在畫布上把記憶傳承下去。

陪伴

現在的她生活有了畫畫陪伴，不再感到孤單。

／林銀妹

綠油油的稻田依傍在山巒底下發芽茁壯，黃昏的晚霞把天空染成一片紫紅，放眼望去是一片寧靜祥和的鄉村景致，不遠處一位頭戴斗笠的婦人正沿著稻畦拾步而來，一隻小狗兒逗留身旁撥弄土壤。巡視菜園是她每日固定不變的模式，一輩子務農到現在，老了，無法再耕作，多數田地都已休耕，偶爾除除草、種些蔬菜自己吃，做一點簡單的

勞作來打發生活。老伴過世後，林銀妹阿嬤一個人獨住在拔仔庄的家，孩子們都到外地工作，一下子生活瞬間空出了許多時間，讓她不知如何是好。

一如往常從菜園裏頭回來，身上的東西都還來不及卸下，樸素繪畫班的林老師就找上門來了。

「一起來學畫畫，動一動腦筋好不好啊？」林老師親切地邀約。

「好啊！老師都登門拜訪邀請了，就爽快地點頭答應吧，即使自己從來沒有學過畫。」林銀妹阿嬤不假思索地就答應了。

一開始學畫，什麼都不會，先從靜物著手，畫竹子、花瓶，但怎麼看都覺得不像，老師鼓勵她畫自己以前務農的景象、風景，後來逐漸抓到其中訣竅，愈畫愈有興致。

「你看，這一張畫是我的第一個作品。」銀妹阿嬤藏不住喜悅的說，「有拿去美侖飯店展覽哦！」

這幅畫的主題全都是她的想法，畫竹子的技法是跟老師學來的，還被老師稱讚她有把山巒的層次感畫出來。逐漸的她找到了生活另一個重心，那是除了田園農事之外能夠帶給她的無價快樂－畫畫，讓她獲得滿足的踏實感。一棵棵生命力旺盛的樹在銀妹阿嬤的畫作上蓬勃生長。

「老師這樣誇獎我，真不好意思！」她搔搔頭靦腆地笑說。

一開始學畫不知道要畫些什麼，老師又不准我們模仿別人，只能靠想像力創作，自己是農人又不是畫家，哪懂怎麼畫。但畫畫是她的心靈朋友，靠著勤奮地練習，一日又一日，一張畫過一張，練習久了真的可以畫出一些東西來。她喜歡畫雞，不論是公雞母雞還是小雞，都是她最常畫的題材，起初畫雞是先從觀察做起，逐漸把雞的形體、樣貌摸熟後，才開始在腦海構思雛型，慢慢地勾勒出一隻雞的模樣。雞系列畫了一陣子，銀妹阿嬤覺得自己應該有更廣泛的題材，她開始嘗試畫貓，在她的畫作中，每一隻貓咪都有人陪伴，也許是她把心中的想像投射在作品上，貓咪系列的畫作用色豐富、暖色調的搭配都給予人一種充滿生機與希望的活力。在畫畫過程裡，銀妹阿嬤認為上色是最傷腦筋的

部分，她時常為了配色而花掉一個晚上的時間，有時還不小心在桌上睡著了呢！

現在的她生活有了畫畫陪伴，不再感到孤單，子女帶著孫子回來玩，看到她的畫作都不禁讚嘆連連。而銀妹阿嬤的孫子其實也是畫畫高手，每每遇到有人問她關於畫畫的事，銀妹阿嬤總是炫耀式地從抽屜拿出一幅黑白畫，上面有一隻麒麟，這是之前帶著孫子去廟裡拜拜，他一回來就憑著記憶畫出來的作品，孫子要她上色，她遲遲不敢下筆，就怕壞了這幅畫，因為畫畫跟孫子是她目前人生中最大的兩個驕傲。因為畫，開啟了她人生的另一扇窗，畫畫就像家人一樣陪伴著她晚年的生活，點亮生命裡的餘暉。

日常

「我把每天的生活，濃縮進一張小小的圖畫紙裡了」

／陳怜玉

「老闆娘，給我兩瓶醬油、一包鹽。」「好，馬上來！」應聲完回頭立即準備張羅客人的東西，「謝謝啊！有空再來坐。」

它是一家從台灣光復後就營業至今的雜貨店，跟著時代的記憶扎根於瑞穗鄉的拔仔庄，小小的店面陳列著村民的日常所需，也養活了一家五口的肚子。此刻的怜玉阿嬤正手拿畫筆忙作畫，主題常常是「家」，而所謂的家其實就是一間小小的雜貨店，一張桌子，桌上擺著一台電話機，商品整齊地陳列在一格格的櫃子裡，有客人上門，主人忙著招呼問候。這是鄉間很尋常的那種雜貨店，不過對於怜玉阿嬤而言，卻是無可替代的日常。

「我把每天的生活，濃縮進一張小小的圖畫紙裡了」，陳怜玉阿嬤靦腆地說。

怜玉阿嬤一直以為自己會與雜貨店終老一生，隨著社區有了農會超市，雜貨店的生意就變差了，

她反而有比較多的時間參加社區活動，後來看到社區很多阿嬤都在學畫，興致一來她也跑去參加了，這一畫就持續好幾十年的時間。一開始總是害怕畫不好，離開學校那麼多年，又從來沒拿過畫筆，但因為有了老師的鼓勵「不要怕，畫就對了」成為一劑強心針，讓怜玉阿嬤愈畫愈起勁，畫出心得來，她的作品「雜貨店」在花蓮參展時竟被人買走，這是她作夢也想不到會發生的事啊！她指著桌上一幅又一幅的畫作，熱切地解說每幅畫的創作靈感，有一幅畫的是母雞帶小雞，兩隻小雞蹲在地上搶奪蚯蚓吃，不知道雞畫得像不像，只憑腦海中的印象給畫出來，空白地方就加上了蝴蝶和花，一幅畫就完成了。

頂著阿嬤級的計程車司機光環，怜玉阿嬤聽到這個名號臉上仍然會泛起紅暈，「會害羞啦！」。當初因為雜貨店生意變差了，就有轉行的打算。後來看到別人開車，自己也心動想學學看，在那個年代當女司機是一件很神氣的事，所以一開也就開了一、二十年。憶起那段跑車的日子，怜玉阿嬤放下手邊的畫作，娓娓訴說著她的生命第二春，平常載客多半是鄰近村莊的熟客，偶爾遠一點會開到花蓮。開車最怕出狀況，所以安全第一是她的信念，但有時會遇到一些突發狀況，像是引擎發不動

啦、輪胎爆胎啦，這些都還在她可以處理的範圍內，難不倒她。

「我已經退休啦！」怜玉阿嬤像是忽然想起什麼似的，急切地往堆滿畫作的桌上翻找作品。

「找到了，就是這一幅畫。」怜玉阿嬤眼神閃動著光芒，像是發現寶物的小孩。

有時候，在外頭開了一整天的車，回到家天色都暗了，回家的路上繁星點點相伴，一踏進家門，三個孩子馬上高興地出來迎接，一天的疲憊辛苦全都因為這溫暖的擁抱一掃而空，這是她最快樂的時光。畫如人生，怜玉阿嬤把她的生活裝進畫的世界裡，用日常點滴作為題材，創作靈感從來沒有匱乏。

夏日午後，微風習習吹來，一把竹扇，一張小木板凳，一位戴著老花眼鏡的阿嬤坐在自家門口乘涼，望著來來去去的人影，她不禁莞爾一笑，生活不過是這樣，忙了大半輩子終於光榮退休，生活有著落，計程車交給兒

子開，不過生活中所有日常與非常的事物持續地發生，她的畫筆也因此停不下來。

嘗試

「陶板畫放一百年也不會壞，如果我還在，當然一定要嘗試啊！」

／陳鳳妹

鎮日倚在窗邊的一台裁縫機工作，踢躂踢躂⋯⋯的聲音隨著日出而響，直至日落仍未止，黃昏的陽光灑落在她的側臉上，照亮專注投入的神情，這一踏一踩就是好幾十年的光陰，從少女時代開始學習裁縫，至今成為家喻戶曉的老師傅，花白的髮絲是歲月留下的痕跡，規律的節奏不禁使人墜入回憶的漩渦。她啊！是一位左手拿針線右手拿畫筆的高齡畫家阿嬤──陳鳳妹。

「裁縫養活了我一輩子，畫畫卻是我晚年心靈的依歸。」一句簡潔的話道盡陳鳳妹阿嬤的一生。

早年拔仔庄地區物資十分缺乏，一般人經濟狀況不是很好，想要買一件衣服往往要存很久的錢才買得到，鳳妹阿嬤從十幾歲開始便跟著人家學裁縫，幫人量身材做衣服、修補衣褲，也兼賣花布料，有時候生意好時常常熬夜到凌晨才可休息，大半人生都在縫紉機下踩過去了。隨著時代改變，成衣工廠到處林立，這種純手工的行業逐漸被機器給取代，還好，鳳妹阿嬤也退休了。

退休後的她耐不住空閒，除了開班授課教裁縫，也跟著人家參加童子軍，學日語，偶有興致還跑去露營，然而，直到接觸了畫畫，拿起畫筆的那刻起，她才找到自己晚年生活的定位。十一年前受林興華理事長之邀，陳鳳妹成為拔仔庄老人樸素繪畫班的頭號召集人，挨家挨戶邀請拔仔庄婦女一同來畫畫，憑著她一股熱情號召，繪畫班開辦之初就吸引

了六十多名社區婆婆媽媽來學習，這幅光景已是人人憶起鳳妹阿嬤的深刻印象。

「活到老學到老，只要我還在，什麼都有興趣學。」這是當時鳳妹阿嬤學畫的決心。

從沒有想過只會拿針線活的雙手也有拿起畫筆作畫的一天，這對不曾畫畫的她而言，是一件新鮮有趣的事。只要一拿起畫筆就欲罷不能、停不下來啦！常常連午睡也不睡了，飯也忘了吃，就這麼一心一意的投入在畫作上，直到夜深人靜那一雙魔術師般的雙手，仍在畫布上洋洋揮灑著人生的故事。廢寢忘食的精神讓鳳妹阿嬤畫呀畫出興趣來，她從不把自己當畫家看，只覺得一把年紀還可以學畫是一件很幸福的事，透過作畫腦筋也在思考轉動。

「比較不會得老人癡呆啊！」，鳳妹阿嬤總是這樣向人解釋她學畫的動機。

不過，在學畫過程中，鳳妹阿嬤也有遇到瓶頸，她覺得最困難的就是配色，這就像是人穿衣服一樣，要搭配得好看才有人注目，好在自己以前是做裁縫賣花布，對色彩的搭配較為敏銳，她最喜歡的顏色是綠色和黃色，有黃就一定要有綠，習慣先用鉛筆構圖，再上顏色，這已然成為不變

的模式，不然總覺得那兒不對勁，畫不下去呀！沒有固定的題材就是鳳妹阿嬤的題材，創作靈感來自周遭常見的生活事物，她習慣想到什麼就畫什麼，把心中所想到的事物藉由繪畫表達出來，「不需要拘泥在一種固定形式」是鳳妹阿嬤的風格，同時也是她展現對人生的曠達態度，化作體現人生智慧的韻味。

鳳妹阿嬤對於自己的作品很有自信，創作累積下來的作品已數不清有幾百件，每一件都是獨一無二、沒有重複。「活到老，學到老」一直是她掛在嘴上的口頭禪，總認為人雖老了但心可不能老，所以她是第一個勇於接受挑戰，嘗試改變繪畫媒材，以陶板入畫的人，「陶板畫放一百年也不會壞，如果我還在，當然一定要嘗試啊！」鳳妹阿嬤說話的語氣理所當然，就像是一個學有專精的藝術家。

現在拔仔庄的常民文化館邊的鐵路地下道，懸掛著陳鳳妹以及其他諸位阿嬤的作品，這

些作品畫出了早期生活的點滴，一幅幅板畫
都是每位阿嬤一生的生命故事，透過畫作讓
彼此生命變得更有厚度，同時也飽含了對後
代子孫的無限祝福。

名字

她輕輕在畫的左下角落款：余秀蘭六十八歲。她學會了怎麼寫自己的名字。

／余秀蘭

白煙繚繞，充滿甜甜米香的廚房裡，年屆七十五歲的余秀蘭阿嬤正忙得不可開交。只見她一下子洗米、一轉身又趕緊掀開蒸籠，睨眼看向籠裡的紅龜粿，深怕一個不注意粿仔炊過頭太軟爛。廚房裡電扇來回搖擺著頭，帶走了一些熱意，也「唰」地一下掀起桌上幾張畫紙。唱著歌的人們、蝴蝶紛飛的花園，一張張圖畫在蒸氣迷濛的廚房裡彷彿活了過來。

每一個人都有自己的人生故事，

秀蘭阿嬤的故事開頭沒多久，母親便先離席了，誕生在阿美族且身為長女的她，便已早早嚐到窮困的滋味，一肩扛起了家中所有的生計。牽起身旁的水牛，她望向一畝畝的綠田，那是一片無盡的綠，延綿到山的那一頭，山的那一頭是什麼？她聽隔壁剛放學回來的弟弟說，從山那一頭來的老師說，那裡有很多漂亮的房子和很甜的糖果。一起除草的鄰居小孩也跟她炫耀的說，他母親告訴他阿美族的祖先是從山的另一頭來的。其實，她並不想知道山

的那一頭有什麼，只是祖先的故事、老師說的話一直吸引著她，讓她總不由自主地想多聽一點。她想假如有一天，不用去幫忙耕田、在家照顧弟妹，她一定會去學校學怎麼寫自己的名字。清澈的小溪，在炎炎夏日格外的清涼，看著在另一邊打水仗打得不亦樂乎的小孩們，她默默地抹開臉龐的汗水，趕著牛離開溪畔。在太陽下山前她得犁完剩下的田，並且趕回家去煮晚飯才行。

爐灶裡的柴火燒得正旺，煙也燻得她眼淚直流，終於在最後一縷蒸汽消散在空中時，紅龜粿完成了，而她的人生彷彿也已熟透完滿，眾多兒孫圍繞在她身邊，好像她的生命正散發出某種香甜的氣味。拿起蒸好的粿和剛疊好的畫紙，余秀蘭阿嬤慌忙出門。擺好熱騰騰的粿，雙手合十半刻，祈禱神明保佑一家順順利利。再騎上腳踏車，下一站是畫圖課的教室，如今的她終於也能去上課了！學畫不容易，從小沒握過筆的她，拿起畫筆的那一刻感到有點心驚膽跳，然而如今的她不想放棄任何學畫的機會，就算在家裡想到頭痛畫不出來的時候，倚靠著老師的鼓勵她仍堅持下去了。

戰戰兢兢的拿著畫筆，她畫下記憶裡的富源
火車站、以前住的木房，這些都是她人生不
可或缺的東西，畫下最後一筆色彩，她輕輕
在畫的左下角落款：余秀蘭六十八歲。她學
會了怎麼寫自己的名字，像是回到了童年那
個只存在於別人話語裡的想像中的課堂，這
一次她透過畫畫重新認識自己。她的人生，
才正要迎接另一次的熟成與完滿。

名字／余秀蘭　55

安居

家，是她最熟悉的地方，熟悉卻一點也不好畫……

／吳瑞嬌

太陽底下台九線的柏油路面冒著熱氣，路旁的草木顯得欣欣向榮，高溫的曝曬讓路面產生了海市蜃樓的浮影，柏油路筆直的向前方延伸，彷彿是一條無盡的道路。二十二歲的那一年，吳瑞嬌循著狹窄的牛車路一步一步的走到了拔仔庄，望向山腳下那一片土地，沉沉的黑暗中只有些許微弱燈光透過窗，告訴她這裡將是未來的歸宿。

陌生的房子、陌生的人，對於剛嫁到拔仔庄的她，每樣事物都是如此不同，然而如今的她不再只是父母親身旁的女兒，而是一位來自異鄉的新娘，生活的吃喝都得自己來。在市場上來來往往的人們裡，她看不到任何一絲熟悉的身影，她啞著嗓子繼續叫賣著，番薯、土豆，俗俗賣！人客，趕緊來參考看看！身為客家人的她，也開始學習一些簡單的台語與客人交談。儘管有時候難過得邊掉淚邊工作，她也下定決心要努力走下去。細數著手中的零錢，每一分一角都得來不易，小心地將錢幣放入口袋中，她迅

速收拾好賣剩的菜準備離開。在這偌大的空間裡，四處充滿了各種聲音，陽光照耀下的路上，所有東西都變得明亮彩色。

幾十個歲月隨著太陽的起落悄悄過去了。在夕陽落入地面那一刻，拔仔庄又像是回到了過去她剛來到的一樣萬籟俱寂，然而隨著家家戶戶亮起燈的那一刻，時光又開始流轉。風霜在她臉上刻上了一些歲月，也替她卸下了以往的重擔，如今的她開始學畫，拿起桌上擱置的畫筆沾起明亮的藍色顏料，為圖畫畫下整片明亮的天空。從第一筆到最後一筆，她努力克制著顫抖的雙手，畫出曾經辛苦、流淚、流汗過的每一個記憶片段。這次她要畫的是「家」，以前小小的紅瓦房，如今已由堅實的水泥取代，冰冷的觸感依然不變，只是紅瓦不在。家，是她最熟悉的地方，熟悉卻一點也不好畫，陽光下的每一面牆，因為方位不同呈現不同顏色的變化，細細翻出腦海的每一個畫面，這個家她要好好想一想。也許現實意義的家，在藝術的境界裡，已然成為某種永恆的居所，瑞嬌阿嬤在畫裡找到了安居的可能，對於面對一張空白的畫布，那些所有可能的陌生，她不再恐懼，反而被另外一種期待的情緒所取代。

每張圖畫都有一個屬於畫家自己的故事。瑞穗鄉拔仔庄裡有一個地方收藏著許多人的故事，其中有一個故事是這麼開始的：很久以前，有一個新娘走了很長很長的路，到了一個她完全陌生的小鄉鎮，那個鄉鎮四面環山卻灑滿了金黃色的陽光……。

青春

「哎唷，你是畫完了沒啊？想不出來就不要畫了，出來跟我一起走走。」

／林玉蘭

一列老式的藍皮火車飛奔在鐵軌上，穿過無數個山洞，乘著微風到達了一個四面環山的鄉鎮，拔仔庄裡、一棟矮房中，站在木製講台上的老師，正努力為學生們講解各種畫畫的技巧。「一動就要配一靜」寫下重點，儘管尾椎上的疼痛讓她坐立難安，玉蘭阿嬤仍努力作直了身子，在繪畫班上了兩年課，她可是一堂都沒缺席過，能畫畫、動手的時間，每一分一秒都是很寶貴的。

沒有鐘聲的教室，時間依然過得很快，又到了下課時間，每一位老同學都趕緊收拾好桌椅，趕著回家做飯，玉蘭阿嬤小心地靠好桌椅，教室裡只剩她一人。家裡的雜貨店，現在應該生意正好的說，老伴恐怕也忙得暈頭轉向，可能正抱怨著自己怎麼還沒回家。心裡正想著，一回到家果然就見到正忙進忙出的老伴，玉蘭阿嬤邁著微麻的雙腳開始一天的工作。

「你今天學畫學得怎樣？」飯桌上，正夾著菜的老伴突然丟出了一句話。

「也是一樣啊。不過先生有說，我畫的圖顏色配得很好。」拿起放在桌上的圖，她忍不住向老伴炫耀了一下。誰叫他以前老仗著自己是教畫的國小老師說她畫得不好。

「配色是配得有一點不一樣，不過你遠一點地方顏色要畫淡一點、近的東西顏色就畫亮一點，才會比較像啊。」只見他指了畫中的圖，像是教學生一樣開始說教。

「是、是，你是教國小畫畫的，我只有幼稚園程度而已。」她笑笑得拿起畫走向店面後的房間裡，那裡是屬於她的小畫室。

在桌上擺好東西，玉蘭阿嬤重新將畫添上顏色。老伴雖然嘴上不怎麼會誇她，但是她知道這是他支持自己畫畫的方式。放下蠟筆，改用手輕輕的抹開顏色，這是她最近發現的新著色方式，用手抹開的顏色，會淡淡、粉粉的，非常漂亮！學畫的這幾年，她學到很多東西，也出去看了很多東西、認識了很多人，雖然會有時候想不出來要畫什麼，覺得有點心煩、不想畫。

「哎唷，你是畫完了沒啊？想不出來就不要畫了，出來跟我一起走走。」玉蘭阿嬤的先生晃著頭走進來，剛洗好碗的手還濕濕的，他小心地不讓水弄濕畫，探頭看過來。「這樣畫看起來就不錯唷！沒想到我講得你都有記起來。」

「別在那臭屁，」撐起身子，走出了門外，她向老伴說：「走吧，不是要出去散步。」

玉蘭阿嬤在學畫的過程中，他與老伴那些甜蜜瑣碎的拌嘴，彷彿讓兩人重新撿拾回了久違的青春時光。

月光照進窗戶，那一張圖畫靜靜的躺在桌上。染上淡淡月光的畫，裡面的建築物像是真的一樣，彷彿在畫上立了起來，就像是被綠山環抱的這座鄉鎮一樣，溫暖的顏色、溫暖的人們，還有燈光下形影不分的老夫妻。

彌補

在她的畫裡沒有一個人是落單的，她給予畫裡每一個人溫暖的家和夥伴，像是彌補童年裡四處逃難的回憶一樣，她希望大家都能快快樂樂的過一生。

／黃月琴

蟬鳴的夏日裡，夜晚伴隨著太平洋的風吹來，在花蓮瑞穗鄉拔仔庄一處小矮房，燈光才剛亮起。月琴阿嬤正仔細地將圖畫裡每一樣景物，著上各種大自然的顏色。土豆葉由高向下，從青草色漸漸轉成土褐色，每一片葉子都有它不同的顏色，底下的葉子越接近土褐色，那就代表在土壤底下的土豆越發成熟。

晚風習習，帶著來自土壤的氣味吹進每一戶人家的窗，一股風拂上月琴阿嬤的臉，她終於停下手中的畫筆，輕靠在竹編的椅子上闔眼休息。朦朧間，她彷彿回到過去。「轟隆轟隆」在高空盤旋的是轟炸機，在街道亂竄是小小的她，抓著手中的包裹緊跟著父親的背影，他們終於翻山越嶺到了拔仔庄。依傍在山腳下低矮又破落的屋子，是她在台北少見的，現在這裡是她的家。拂去木桌上的灰塵，脫下腳上滿是泥土、破洞的布鞋，第一次赤著腳踏上泥土的那種感覺，是她永遠忘不了的——扎腳卻又濕軟。炎熱的大太陽底下，一起一

落揮動著笨重的鋤頭，白嫩的雙手開始長起水泡，然後一顆又一顆的被磨破，膿水上躺著點點鮮血，她咬著牙努力不看它。痛，卻如細小的針，尖尖地刺在她心底裡，直到她能俐落地種下稻禾，手也不再痛了，厚實的繭保護了她。

日曆越撕越薄，一本又換過一本，不變是的上面仍寫著：「農曆二月二日驚蟄」。剛從田裡回來，還沒來得及喝一口水，附近的朋友便找上門來。去畫畫？不要、不要，都一把老骨頭，還有力氣去畫什麼畫。熱情的雙手，拉著她到了學畫畫的教室，只見每個老鄰居、朋友都直挺著腰拿起畫筆在白紙上描線。最後她還拿起畫筆，長年習慣拿鋤頭的手忍不住顫抖，一條直線馬上成了田裡的蚯蚓。

「拿筆比拿鋤頭辛苦。」她不禁這麼想到。

月琴阿嬤對於「拿筆」這件事其實有自己獨到的見解，對她來說，只要是農務以外的事情都算是「拿筆」。這幾年她「拿筆」還不過癮，還參加瑞穗數位機會中心駐點開辦的電腦課程，握起「滑鼠」來，用電腦畫圖於是成為她新的挑戰，是她在畫筆之外另一根能夠點開全世界的魔法棒。

熾熱的柏油路上，麻雀正鬧得不可開交，而她心底卻是一片清明，拿起原本拋在一旁的畫筆，一筆一筆的勾勒，慢慢地畫下各種蔬菜紋路和下田的情景。直到夜深人靜，一點聲響也沒有了，她才擱下手中的筆，原本空白的畫紙，已長滿了各種蔬果，青綠未熟的土芒果、飽滿的紅地瓜、站在牛背上的白鷺鷥，以及成雙成對幹活的人們。她的畫裡沒有一個人是落單的，她給予畫裡每一個人溫暖的家和夥伴，像是彌補童年裡四處逃難的回憶一樣，她希望大家都能快快樂樂的過一生。

夜晚的空中悄悄地降下細雨，雨聲漸漸變大了。是什麼在耳邊「嗡嗡」的叫？隨手抹了一把臉，她從椅子上緩緩坐起，拿起地上被電扇吹落的畫紙。今天的夜晚還很長，她想畫一幅南下的火車圖，好拿給回來玩的孫子看。紅色的火車頭，配上蔚藍的天空、滿是禾苗的田畝，一定很漂亮吧。月琴阿嬤的嘴角淺淺上揚著，在她辛苦的歲月裡，圖畫為她的人生著上不同的色彩。

自己

這個世界裡，她感到前所未有的安心，彷彿死亡在這個房間裡並不存在，存在的只有無邊無際的想像力，以及隨之蔓延而開的藝術的生命力。

／王愛佑

當醫生宣布癌症已經擴散，並且壓迫到腦神經之際，愛佑阿嬤內心並不感到恐慌或懼怕，彷彿身體早已不是自己的身體，她像一個旁觀者一樣聆聽著這樣像是判決的話語。

她注意到醫生說話時堅定的眼神，像是要把一字一句用眼神釘在對方的瞳孔那樣，直直地望著自己的眼睛。她對那樣的眼神並不陌生，那是她過去幾年

長期輔導癌末病人的過程中，常有的注視與被注視經驗。在那樣的注視中，她提早看見了自己，彷彿一遍又一遍預習了發生在未來的某個場景。

「人生就像一場戲，來這裡演一演就要回去了。」愛佑阿嬤這麼說的時候，眼底的確沒有絲毫怨懟和無奈，她知道即使她只是自己人生舞台上的一個演員，也會是最先登場的那位，更是幕落之後，將被永遠記得的那一位。

在初次知道自己罹患癌症的時候，愛佑阿嬤便決定搬回來拔仔庄的老家，那個在田中央的古厝，四周都充滿生機的田地，彷彿還能看見自己過往青春健美的身影，穿梭在繁忙的農家事務中。她希望自己在那樣的環境裡，能夠像是一株被移植的樹木，重新發出枝枒，長回原來的樣子，因為房子是原來的房子、山是原來的山、路也是原來的路，潛意識下總感覺人也該是原來的人了。

而「原來的人」究竟意味著什麼？愛佑阿嬤想起幼年時原住民族與客家人混居的村落，那個時候原住民稱客家人「ghi ghi」，客家人稱原住民「ha hei」。現在回想起來，彷彿從被他人命名的那一刻起，就永遠失去了自己原來的模樣。然而愛佑阿嬤在面對死亡迫近之際，才逐漸理解時間之不可逆與身分之不可逆未必是同一件事，她決心在肉體死亡之前，重新找回那個「原來的人」。

回到拔仔庄的老家也許正是愛佑阿嬤人生中做過最正確的決定之一。老屋是傳統家屋的蜂巢式結構，愛佑阿嬤清空了最深處的一個小房間，擺上一個大大的工作桌、一台銀白色的縫紉機、一張僅供假寐的小床，這便是她的「自己的房間」。而「自己的房間」多麼重要，只有在這個房間裡，她不再是某人的妻子、某人的母親、某人的女兒，她僅僅是她自己。彷彿卸去各種身分與認同之後，原來充滿病痛的沉重身體，也一併輕盈了許多。

也唯有在自己的房間裡，畫畫、裁縫、做手工藝、抄寫佛經、書寫每日的記事……，這些藉由雙手生產某種像是作品的勞動，讓她專心在眼前的世界，那是一個只有文字與符號、線條與圖樣的微觀世界。在

這個世界裡，她感到前所未有的安心，彷彿死亡在這個房間裡並不存在，存在的只有無邊無際的想像力，以及隨之蔓延而開的藝術的生命力。

在這樣或那樣發生在自己的房間裡的魔幻時刻，愛佑阿嬤驀然成為那個失落已久的「原來的人」。

笑聲

拔仔庄的事事物物在她的畫作中彷彿
一座超現實的樂園，迴盪著秀鳳阿嬤
清朗的開懷笑聲。

／古秀鳳

秀鳳阿嬤現在爽朗的笑聲幾乎讓人忘記她曾經有過如同連續劇般悲慘的童年，從她有記憶以來，「家」對她而言僅僅是受苦的代號。那是彼時發生在全台灣各個鄉鎮村莊，每個人都曾經聽聞過的故事樣板，曾經被電視台搬演進各種八點檔、九點檔、十點檔令全台灣女性共同落淚的那種劇情，對於秀鳳阿嬤而言，卻是怎麼樣也磨滅不去的記憶。

從小就被親生父母送養的秀鳳阿嬤，彷彿人生的初始就僅僅是一椿買賣，而作為某種商品的她，是這椿買賣裡唯一的犧牲者。因此，童年時期她就不曾有被照護關懷的感覺，某些時候，她覺得自己的一生，從一開始就注定了永無止盡的勞動與懲罰。對於養父養母，她沒有恨，因為對於那些不曾真正關心過她的人，彷彿恨也是多餘的。

不過連續劇裡會發生的戲劇性轉折橋段在現實的日常生活中未必就不會發生。就像是大愛劇場裡常演出的苦盡甘來劇情走向，秀

鳳阿嬤在如花似玉的年紀就這麼適巧地遇上了如王子般的先生，在克服了重重困難之後（似曾相識的戲碼：養父的百般阻饒、養母索討鉅額的聘金……），秀鳳阿嬤為自己做了一樁無本而萬利的好買賣，她的人生從此轉入人人稱羨的那一種故事樣板，有些時候，她也懷疑，自己的人生故事，是不是分屬於兩個不同的人、兩齣不同檔的連續劇。

秀鳳阿嬤的先生在衛生所上班，在醫療設備不甚完善的當時，所謂的衛生所其實就是政府辦的免錢診所，村民遇到無論大大小小的醫療問題，一定會先跑衛生所，秀鳳阿嬤自然也就成為了「先生娘」，那是台灣民間對於醫生妻子的尊稱，在當時的社會情境下是相當備受尊敬的人物。一直到現在，客廳壁櫥上還擺放著當時上班用的聽診器、藥秤，這是身為「先生娘」的她，為了緬懷當時意氣風發的先生，而特意擺在客廳最顯眼地方的象徵物。

經歷過那些如黃金般閃耀的歲月，秀鳳阿嬤才終於學會了開懷大笑。她早已不是那個連續劇裡悲傷的主角，生活中所有日常的事物，在她的畫筆下竟展現出了令人莞爾的面向，這裡面有巨大的蝴蝶、漂浮在樹上的野鹿、停棲在花朵上的鳥、總是背著小猴子的母猴子、總是對稱展開枝

幹的大樹、頭戴彩色羽毛頭飾的原住民、總
是牽著手出現的一對小孩，那是她最疼愛的
雙胞胎孫女。

拔仔庄的事事物物在秀鳳阿嬤的畫作中彷彿
一座超現實的樂園，其中總是迴盪著她清朗
的開懷笑聲。

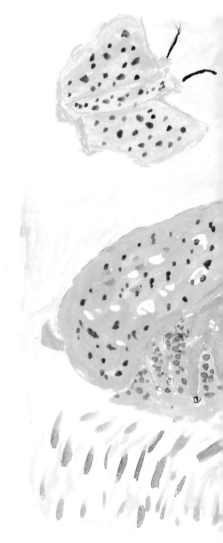

細節

為了更好、更真實地勾勒自己，貴香阿嬤書寫的手同時也成為畫畫的手，讓同一個故事、同一種情感，彷彿透過不同角度的鏡面折射，映射出七彩的顏色。

／林貴香

貴香阿嬤的畫作就如同她的日記本一樣充滿細節，而細節叢生之處便成為她傳奇般的人生故事。貴香阿嬤的日記鉅細靡遺地記錄了從童年時期至今的許多人生轉折，據她所說，她還在寫，而且還有好多故事還沒寫。讀過的人，很難不會被那充滿敘事力的筆調所感染：

……我只好隻身一人把台北的工作辭掉，到介紹所，正巧花蓮有位老闆娘說要找女店員是賣茶及做竹筷子，我信以為真，就向她借了二萬元還給姑姑，剩餘的給妹妹上學用，但到了花蓮瑞穗，才知道我被騙了。怎麼辦？這裡不但是茶室，而且還要陪客，每天看著一起來工作的女同事，她們一個個高興地陪客人飲酒作樂，還抱來抱去，我與老闆娘反駁，說我並不要做這種工作，老闆娘很兇地回答：「難道你借的錢不用還嗎？」當時我真的不知道如何回答是好，就一直躲在樓上每天不吃不喝，而且天天哭，直到有一天去瑞穗大街上寄信，回來時很不巧碰上鄉公所的一群男職員，眼睛直直地瞪著我，

當時不明白他們是什麼人，第二天他們就來到店裡，指名要叫我陪他們，打從到這裡，就一直沒聽老闆娘的命令的我，說不接客就是不接客，老闆娘似乎要打人，我說沒關係要打你就打吧！哎……命運的捉弄，逃也逃不掉……。（摘錄自貴香阿嬤的手寫日記）

看過貴香阿嬤的日記，才發現所謂的寫實不僅僅是書寫現實，更是書寫關於自己的真實。直白的筆觸將自己孤身一人受騙來到花蓮的場景，描述得極為細膩，人物與對話躍然紙上，像是一本特意引人入勝的小說。這是貴香阿嬤充滿人生細節的小故事，也是一個具備了文學況味的文本，人生與文學相互照映，莫此為甚。

後來的故事，百轉千折，在一篇篇手寫的日記上，工整與潦草，都共同描繪著一種真摯的情感，那是誰也無法代替貴香阿嬤而曲折度過的人生之路，也像是從一下筆就無法停止的表達慾望，為了更好、更真實地勾勒自己，貴香阿嬤書寫的手同時也成為畫畫的手，讓同一個故事、同一種情感，彷彿透過不同角度的鏡面折射，映射出七彩的顏色。那些已然發生過的事，不再只是蒼白的記憶，而是遠方可見的彩虹。

「寫實而細膩」是貴香阿嬤作品的最佳寫
照，也是她對待人生的某種態度，寫實如她
一路的曲折，細膩如她的待人與接物。所寫
所畫無不是心境的對照與反映，正如同她最
愛的那幅「虎棲圖」，兩隻老虎在樹下緊挨
在一塊兒，一隻眼神銳利，張牙而不舞爪，
望向畫作之外，彷彿就在圖框的不遠處有些
什麼正隱然侵擾；另一隻則眉眼微蹙，訥訥
地向著前方凝視，姿態低伏，一副被保護得
很好，且並不太在意的模樣。人生情境中的
兩種態勢，警醒與安逸、緊張和放鬆，彷彿
相伴而生，交織成一副充滿張力且意味深長
的構圖。

快樂

山看起來那麼近，好像撲動翅膀就可以越過，去到未知的那一邊、比較美好的那一邊。

／謝藤妹

十九歲以前的謝藤妹是台東池上最快樂的「小姐」。

「小姐」是台灣三、四十年代對於未婚女性的一種帶有戲謔意味的身分指稱，表示這時候的女性，還不用肩負家庭的負擔以及面對來自夫家的壓力，因此相對來說，還有許多「作自己」的空間。

民國四十年，藤妹阿嬤還在「作小姐」的時候，身為農家子弟的她，對於莊稼生活並不陌生，在向來以盛產好米聞名的小鎮，她就像是一株被細心灌溉的幼苗，長成於彼時相較於台東其他地區較為繁榮、進步的池上鄉。

不過藤妹小姐對什麼都感興趣，小小的後山小鎮已經無法關住她想要冒險的心情，她的心裡總是暗忖：「如果有機會，我要離開這個地方去各地走走。」她覺得自己應該是一隻色彩斑斕的鳥，將要翱翔於人生的藍天中。山看起來那麼近，好像撲動翅膀就可以越過，來到未知的那一邊、比較美好的那一邊。

然而在當時的台灣客家農村，女性的生命彷彿是一張張被印製好的地圖，按圖索驥未必能夠清楚知道自己未來的模樣，不過類似的路徑就像是地圖上一再被他人用紅筆所畫下的軌跡，力透紙背、清晰而暴力。

總之，那時候的小姐沒有「權利」畫出自己的人生地圖，女性是別人的「義務」。

於是藤妹小姐透過作媒，嫁到了拔仔庄，和未來要共度一輩子的牽手也僅僅只見過一次面，池上的藤妹小姐來到了連「電火條阿」都還沒有的拔仔庄，感覺自己就像是日語歌詞裡常出現的「籠中鳥」，再怎樣輕盈都飛不出那個無形的傳統家屋。而這幾乎是所有同時代客家農村女性的生命縮影。

來到拔仔庄之後的五十年間，藤妹小姐成為藤妹阿嬤，顫抖的左手是經過電療後的後遺症，她總笑稱現在的自己是撿來的。不過她撿來的不僅僅是自己，這一路走來，在局外人以為千篇一律的生命地圖裡，藤妹阿嬤其實已經替自己撿拾了許多生命的線索，註記下了許多美麗的記號：她有五個小孩，三男兩女，年紀各差兩歲，現有孫子十二個，八男

四女，兒女各有家庭，事業上也各有成就；她學畫、學日文、參加社區辦的各類活動，每年定期的旅行，籠中鳥早就飛去過了拔仔庄以外的許多地方，日本、越南都留下了藤妹阿嬤的旅行足跡。

在藤妹阿嬤的畫作裡，一隻隻色彩斑斕、意氣風發的「雞公」總是佔據在版面上最顯眼的地方，彷彿透露著一股不服輸的氣勢，她要證明自己不用飛得很遠，也能夠繼續快樂下去。在這個從小姐變成阿嬤的過程中，不變的是她對於快樂的追求與渴望。

誰說只有自己尋來的才叫做快樂與幸福。快樂與幸福也常常是假手於歲月流轉中的某種無形給予。

如今，八十一歲的謝藤妹是拔仔庄最快樂的阿嬤之一。

Do生活01　PG1126

拔仔庄的畢卡索
──花蓮富源村12位畫家阿嬤的生命故事

策劃單位／教育部資訊及科技教育司
執行單位／花蓮縣數位機會中心、瑞穗數位機會中心
企　　劃／須文蔚、許子漢　　主　　編／吳亞儒
作　　者／廖宏霖、郭于荸、林韋琤、洪燕姍　　校　　對／王新雨
口　　述／王愛佑、古秀鳳、余秀蘭、林貴香、林銀妹、陳怜玉、謝藤妹
插　　圖／鍾鳳英、林銀妹、陳怜玉、陳鳳妹、余秀蘭、吳瑞嬌、林玉蘭、
　　　　　黃月琴、王愛佑、古秀鳳、林貴香、謝藤妹

責任編輯／林千惠　　圖文排版・封面設計／陳佩蓉

出版策劃／獨立作家
發 行 人／宋政坤
法律顧問／毛國樑　律師
製作發行／秀威資訊科技股份有限公司
　　　　　地址：114 台北市內湖區瑞光路76巷65號1樓
　　　　　電話：+886-2-2796-3638　傳真：+886-2-2796-1377
　　　　　服務信箱：service@showwe.com.tw
展售門市／國家書店【松江門市】
　　　　　地址：104 台北市中山區松江路209號1樓
　　　　　電話：+886-2-2518-0207　傳真：+886-2-2518-0778
網路訂購／秀威網路書店：https://store.showwe.tw
　　　　　國家網路書店：https://www.govbooks.com.tw

出版日期／2014年4月　BOD一版　定價／350元

|獨立|作家|
Independent Author

寫自己的故事，唱自己的歌

拔仔庄的畢卡索：花蓮富源村12位畫家阿嬤的生命故
事 / 花蓮縣數位機會中心著
　-- 一版. --　臺北市：獨立作家, 2014.04
　　面；　公分. --
　BOD版
　ISBN　978-986-5729-01-1（平裝）

855　　　　　　　　　　　　　　　103000060

國家圖書館出版品預行編目

讀者回函卡

感謝您購買本書，為提升服務品質，請填妥以下資料，將讀者回函卡直接寄回或傳真本公司，收到您的寶貴意見後，我們會收藏記錄及檢討，謝謝！
如您需要了解本公司最新出版書目、購書優惠或企劃活動，歡迎您上網查詢或下載相關資料：http:// www.showwe.com.tw

您購買的書名：＿＿＿＿＿＿＿＿＿＿＿＿＿＿＿＿＿＿＿＿＿＿＿＿＿＿＿

出生日期：＿＿＿＿＿＿年＿＿＿＿＿＿月＿＿＿＿＿日

學歷：□高中 (含) 以下　　□大專　　□研究所 (含) 以上

職業：□製造業　□金融業　□資訊業　□軍警　□傳播業　□自由業
　　　□服務業　□公務員　□教職　　□學生　□家管　　□其它＿＿＿

購書地點：□網路書店　□實體書店　□書展　□郵購　□贈閱　□其他

您從何得知本書的消息？

　□網路書店　□實體書店　□網路搜尋　□電子報　□書訊　□雜誌

　□傳播媒體　□親友推薦　□網站推薦　□部落格　□其他＿＿＿＿＿＿

您對本書的評價：(請填代號　1.非常滿意　2.滿意　3.尚可　4.再改進)

　封面設計＿＿＿　版面編排＿＿＿　內容＿＿＿　文／譯筆＿＿＿　價格＿＿＿

讀完書後您覺得：

　□很有收穫　□有收穫　□收穫不多　□沒收穫

對我們的建議：＿＿＿＿＿＿＿＿＿＿＿＿＿＿＿＿＿＿＿＿＿＿＿＿＿

＿＿＿＿＿＿＿＿＿＿＿＿＿＿＿＿＿＿＿＿＿＿＿＿＿＿＿＿＿＿＿＿＿

＿＿＿＿＿＿＿＿＿＿＿＿＿＿＿＿＿＿＿＿＿＿＿＿＿＿＿＿＿＿＿＿＿

＿＿＿＿＿＿＿＿＿＿＿＿＿＿＿＿＿＿＿＿＿＿＿＿＿＿＿＿＿＿＿＿＿

11466
台北市內湖區瑞光路 76 巷 65 號 1 樓
獨立作家讀者服務部　　　收

....

（請沿線對折寄回，謝謝！）

姓　　名：＿＿＿＿＿＿＿＿＿　年齡：＿＿＿＿　性別：□女　□男

郵遞區號：□□□□□

地　　址：＿＿＿＿＿＿＿＿＿＿＿＿＿＿＿＿＿＿＿＿＿＿＿

聯絡電話：(日) ＿＿＿＿＿＿＿＿＿＿　(夜) ＿＿＿＿＿＿＿＿＿

E-mail：＿＿＿＿＿＿＿＿＿＿＿＿＿＿＿＿＿＿＿＿＿＿＿